DIALOGUE

ENTRE

UN PHILOSOPHE

ET UN

HOMME DE BIEN,

SUR LA THÉORIE DU PARADOXE.

PAR M. Z.......

A AMSTERDAM.

M. DCC. LXXV.

[illegible]

[illegible]

[illegible]

[illegible]

[illegible]

[illegible]

[illegible]

[illegible]

[illegible]

DIALOGUE
ENTRE
UN PHILOSOPHE
ET UN HOMME DE BIEN.

LE PHILOSOPHE.

EH bien, Monsieur, eh bien! vous avez lu le
    Livre,
Le Livre lumineux, dont tout le monde est yvre,
Et qui fait dans la rue enrouer les Crieurs.
Enfin, pour nous aussi nous aurons les Rieurs.
Cette heureuse Brochure efface la vaine ombre
Des talens de Linguet accablé sous le nombre.
Vous voilà confondu. L'oserez-vous nier ?

L'HOMME DE BIEN.

On lui gardoit, Monsieur, *ce trait pour le dernier;*
Tandis que, repoussant des ligues infernales,
Il faisoit tête seul à toutes les cabales,
A tous ses Ennemis, à tous ses Détracteurs,
Gens de Loi, gens de plume, Auteurs, Compilateurs,
Vils échos de la haine & de la calomnie;
Délateurs ténébreux qu'irrite le génie;

A 2

Les uns très-circonspects, cabalant à huis-clos;
Les autres au grand jour impudemment éclos;
Tous lançant contre lui des fléches vénimeuses,
(Il le faut avouer) dans ces joûtes fameuses,
Votre nouvel Athlète a très-bien pris son temps
Pour servir de recrue aux autres Combattans.

LE PHILOSOPHE.

De condamner ce Livre auriez-vous la manie ?

L'HOMME DE BIEN.

Eh ! qui pourroit sourire à la plate ironie,
Aux sarcasmes affreux, au lâche emportement
D'un Libelle pareil, dans un pareil moment ?

LE PHILOSOPHE.

Eh ! quoi donc ? Seconder la voix universelle !
D'un Sage déployer l'éloquence & le zèle !
Eclairer le Public encor mal affermi,
C'est un crime ?

L'HOMME DE BIEN.

Monsieur, l'Auteur est votre ami.
Il a percé pour vous l'ombre mystérieuse
Dont se voile à nos yeux sa plume injurieuse.
En Juge délicat osez-vous prononcer ?

LE PHILOSOPHE.

Vous même, ainsi que moi, vous devez balancer.

L'HOMME DE BIEN.

Non, je ne connois pas l'innocent qu'on égorge;

Si ce n'eſt par les traits que la vengeance forge ;
Si ce n'eſt par l'horreur, qui, dans un cœur bien fait,
Des perſécutions eſt l'infaillible effet.
Quand Séguier, d'une voix courageuſe & romaine,
Parloit en Cicéron, pour venger Demoſthène,
Quand il le rappelloit dans le Temple des Loix,
J'ai mêlé mon ſuffrage à la publique voix
Qui faiſoit retentir ce ſanctuaire auguſte.
Paris vantoit en chœur un triomphe ſi juſte ;
Et le Triomphateur, opprimé, malheureux,
N'en eſt que plus ſacré pour un cœur généreux.

LE PHILOSOPHE.

Mais de ce cri public, que votre bouche atteſte,
Le preſtige a ceſſé.

L'HOMME DE BIEN.

Mais la vérité reſte.

LE PHILOSOPHE.

La vérité ! Comment oſez-vous l'invoquer
En faveur d'un ingrat, ardent à l'attaquer ;
Qui ſonge à la détruire au moment qu'il l'implore ;
Qui la frappe à genoux, en criant qu'il l'adore ;
Et qui, du Paradoxe Orateur familier,
Ne ſeroit pas connu, s'il n'étoit ſingulier ?

L'HOMME DE BIEN.

Les déclamations ne ſont que des outrages.

A 3

LE PHILOSOPHE.

Vous n'avez donc pas lu l'Extrait de ses Ouvrages?
Partout l'Auteur le cite.

L'HOMME DE BIEN.

Il l'altère par tout.
Il tronque des lambeaux de l'un à l'autre bout.
Des argumens qu'il blâme il retranche la preuve.
Cette rare méthode, au reste, n'est pas neuve.
Tout Zoïle a connu cet art insidieux
D'élaguer un Auteur pour le rendre odieux.
Par d'infames Centons on a souillé Virgile.
Des textes mutilés corromproient l'Evangile.

LE PHILOSOPHE.

Peut-on nier ainsi l'évidence? Comment!
Quand cet homme inouï soutient ouvertement
Sur la même matière, & le pour & le contre;
Alors qu'il se dédit, alors qu'on vous le montre,
Vous insistez encor! vous n'êtes pas vaincu!

L'HOMME DE BIEN.

Si l'on me l'eût montré, je serois convaincu.
Mais sans se démentir, une main sûre & libre
Et du bien & du mal peut chercher l'équilibre;
Et quand les Raisonneurs sont entr'eux divisés,
Balancer leurs avis l'un à l'autre opposés.
Tout Livre est un champ clos, où la dialectique
D'un glaive à deux tranchans doit armer un critique;

(7)

Il peut de l'aiguiser prendre un peu trop de soin:
Eh! quel Auteur, grand Dieu! ne va jamais trop
loin (1)!
Voltaire vous l'a dit; Voltaire, votre Oracle.
Un Auteur sans défaut seroit un vrai miracle.
De contradictions tout Mortel est paitri;
Mais pour être Mortel, doit-on être flétri?
Et vous-même, entre nous, vous, sages qu'on révère,
Si vous étiez jugés sur ce dogme sévère!
Si de l'obscur cahos de vos opinions
On tiroit quelque jour vos contradictions;
Si l'on vous retraçoit le choc de vos problêmes,
Et de ces tourbillons qu'on appelle systêmes,
L'un l'autre se heurtant & se détruisant tous;
Enfin, si l'on osoit, sans vous mettre en courroux,
Représenter au vrai vos modernes Apôtres,
Tolérans pour eux seuls, & tyrans pour les autres,
Adulateurs rampans & frondeurs déclarés,
Amis de tout le monde, Egoïstes outrés,
Prêchant la liberté d'une voix tyrannique....

LE PHILOSOPHE.

Monsieur, n'achevez pas ce parallèle inique.

L'HOMME DE BIEN.

Je suis loin d'imiter une injuste fureur.
Je pardonne aux humains d'être nés pour l'erreur.

---

(1) Vers de M. de Voltaire dans *les Cabales.*

A 4

LE PHILOSOPHE.

Que fert une fortie & fi vive & fi chaude ?
Nos fages font connus ; s'ils errent, c'eft fans fraude.
La vérité toujours eft l'objet de leurs foins ;
Ils la cherchent fans feinte.

L'HOMME DE BIEN.

Ils le difent du moins.
Mais raifonnons un peu. Ces fages que j'admire
N'ont-ils pas réclamé la liberté d'écrire ?
Leur voix dans tous les tems n'a-t-elle pas profcrit
Toute borne impofée à l'effor de l'efprit ?
N'ont-ils pas blâmé tous la coutume infenfée
D'afiervir la raifon, d'enchaîner la penfée ?
Sermon, Roman, Phyfique, Ode, Hiftoire, Opéra,
Chacun peut tout écrire & fiffle qui voudra (1).
Sifflez donc, s'il le faut ; mais permettez qu'on ofe
Ufer d'un droit acquis en Vers ainfi qu'en Profe.
Souffrez que fur les pas de vos Sages fameux,
On griffonne, on difpute, on s'efcrime comme eux.
Un Ecrivain hardi vous femble hétérodoxe ;
La peur du préjugé le mene au paradoxe !
Il n'eft pas fur le bled du même avis que vous ! .....
Eh bien, répondez-lui, mais fans fiel, fans courroux.
Le vrai Savant réfute, & le fot injurie.

---

(1) Autre Vers de M. de Voltaire dans *l'Epitre au Roi de Danemark.* Il faut remarquer que ce Souverain, qui a favorifé la liberté d'écrire, eft un Defpote.

(9)

LE PHILOSOPHE.

Oh! ceci pour le coup paſſe la raillerie.

Comment! un infenſé qui veut être applaudi,

Soutiendra qu'il fait nuit à l'heure de midi!

Et férieuſement il faudra qu'on réfute

Ces jeux d'un eſprit faux! il faudra qu'on diſcute

Des travers évidens, des ſingularités

Qu'il mettra, par caprice, au rang des vérités!

Quand l'Univers profcrit les Difciples d'Ignace,

Un fou s'aviſera de plaindre leur difgrace!

De tous les Empereurs il fera le Fréron!

Il blâmera Titus, excuſera Néron!

Il détruira la foi que l'on doit à l'Hiftoire!....

L'HOMME DE BIEN.

Il ne la détruit point : il doute, avant de croire.

Souvent des Nations les faftes altérés,

N'offrent que l'impofture à des yeux éclairés.

N'a-t-il pu, dans la nuit de ce cahos antique,

Pour affurer ſa marche, avancer en fceptique ?

Eh! d'ailleurs, eft-ce à vous de condamner en lui

Ce qu'on vous voit fans ceffe admirer en autrui?

Voltaire n'a-t-il pas avec plus d'énergie,

Du Tyran de Caftille écrit l'apologie (1) ?

Un autre n'a-t-il pas, ufant des mêmes droits,

Aux faftes des Romains difputé leurs fept Rois (2)?

---

(1) Voyez le Difcours à la tête de ſa nouvelle Tragédie de Don Pedre.

(2) M. de Pouilly. Voyez l'excellent Difcours qui eft à la tête de l'*Hiftoire des premiers Siécles de Rome*, par M. Palifſot.

Et quand Bodin jadis vantoit le despotisme (1),
Vit-il des Raisonneurs l'insensé fanatisme
De son opinion faire un crime d'Etat?

LE PHILOSOPHE.

Si vous pouvez absoudre un pareil attentat,
Je n'ai plus rien à dire, & c'est un beau partage
De flatter les tyrans, d'exalter l'esclavage!

L'HOMME DE BIEN.

Mais vos Sages, Monsieur, eux-mêmes l'ont chanté.
Du sort du Paraguai leur esprit enchanté
Loua les fers bénis & les saintes entraves
Que portent sur ces bords de fortunés esclaves.
Combien d'autres tyrans n'ont-ils pas encensés!
Quels Despotes, grand Dieu! n'ont-ils pas caressés?
Soyez donc juste enfin, n'ayez pas deux mesures;
Ne vous condamnez pas par vos propres censures.
Quel est l'aveuglement d'un injuste courroux?
Les traits que vous lancez retournent contre vous.

LE PHILOSOPHE.

Ah! j'ai tort, j'en conviens. Il faut qu'on s'extasie
Sur les petits soupers des tyrans de l'Asie.
Un Sultan peut très-bien se donner le plaisir
D'empaler ses Bachas, d'étrangler son Visir,
Rien n'est plus agréable. Aveugles que nous sommes!
Nous croyons l'esclavage un malheur pour les hommes
Iure prévention! la Domesticité
Sans doute a plus d'horreur & plus d'atrocité.

---

(1) Voyez sa République.

Un Serf n'est point à plaindre. Il est très-heureux même.

L'HOMME DE BIEN.

Monsieur, ne raillons point sur un si grand problème.
Ce Procès important n'est pas encor jugé * ;
Et des opinions le nombre est partagé.
L'Auteur a dit la sienne. Il l'a pû sans scrupule ;
En la dénaturant on la rend ridicule,
Odieuse, suspecte à la foule des sots
Qui s'en laissent toujours imposer par les mots,
Qui lisent sans entendre, ou qui jugent sans lire.
O de l'esprit humain déplorable délire!
Par les cris de la haîne une fois abusé,
Le Public n'entend plus l'innocent accusé.
On peut le provoquer, sans qu'il puisse combattre.
Sous la main des bourreaux s'il ose se débattre,
C'est un crime de plus qu'on lui fait expier,
Et même on le punit de se justifier.

LE PHILOSOPHE.

Mais de quel droit enfin cet Écrivain bizarre
Blâmant ce que la France a produit de plus rare,
Ose-t-il se moquer des doctes résultats (1)
Qu'offre *le produit net* pour le bien des Etats ?
Jugez de tout l'excès de sa noirceur profonde ?
Il se plaît à berner ces Bienfaiteurs du monde,

---

* *Adhuc sub judice lis est.* Horat. Art. Poet.

(1) Le *produit net* est le mot de ralliement, le cri de guerre,
le Montjoye S. Denis de la Secte œconomique.

Ces *Sages*, ces Sçavans, ces grands Calculateurs,
De l'unique science, uniques inventeurs,
Illuftres rejettons des Encyclopédiftes,
Et qu'il ofa flétrir du nom d'Economiftes !....

L'Homme de bien.

Mais s'ils l'ont prévenu ! fi leurs partis nombreux
Ont tramé contre lui des complots ténébreux !....

Le Philosophe.

Je veux le fuppofer. Du moins dans fa défenfe
Met-il trop de chaleur & trop de violence.

L'Homme de bien.

Pourquoi l'attaquoit-on ? tout aggreffeur a tort :
On a droit d'écrafer le ferpent qui nous mord.
Eh ! quel eft l'homme froid, flegmatique, impaffible,
Qu'un affront imprévu ne trouve pas fenfible ?
La répréfaille eft jufte & de droit naturel :
Celui qui la provoque eft le feul criminel.

Le Philosophe.

Enfin tout eft matiere à fon Panégyrique.
Tout fert à fa louange, & votre rhétorique
Se montre ingénieufe à le juftifier.
Son Ordre vient pourtant de le facrifier.
Devoit-il infulter cet Ordre refpectable ?

L'Homme de bien.

Nul ne l'a plus loué. Daignez être équitable.
Qu'a-t-il dit, en effet, de ce Corps vertueux
D'Orateurs qu'a bleffés fon ftyle impétueux ?

Que voyoit-il en eux ? des Soldats magnanimes,
Tous armés par l'honneur pour combattre les crimes :
Des Rivaux généreux, qui, l'un de l'autre amis,
S'attaquent noblement sous les yeux de Thémis :
Qui, libres par état, par devoir intrépides,
Des esprits subjugués dominateurs rapides,
Pour le foible opprimé font retentir leur voix,
Et couvrent l'orphelin de l'Egide des Loix :
Qui, brûlant d'un saint zèle, imitent ce grand homme,
L'oracle, & le sauveur, & le martyr de Rome (1),
Ou qui sçavent s'armer de ces foudres vainqueurs,
Qu'Eschine & son rival lançoient au fond des cœurs.
Ont-ils dû l'en punir ? Est-ce donc un outrage,
De croire à leurs talens, de vanter leur courage ?
Enfin, de leurs vertus ce portrait glorieux,
Seroit-il assez faux, pour être injurieux ?

LE PHILOSOPHE.

Oh ! l'on sçait que son style est brillant de phosphores.
Il séme à pleines mains ses longues métaphores.
Et se perd dans l'amas de ses comparaisons.

L'HOMME DE BIEN.

Voilà, pour le rayer, de puissantes raisons !

LE PHILOSOPHE.

Mais s'il est innocent, expliquez-moi, de grace,
D'où vient l'acharnement qu'il excite au Parnasse,
Au Barreau, dans le monde, à la Ville, à la Cour.

L'HOMME DE BIEN.

J'en sçais bien les motifs.

____

(1) *Ciceron.*

LE PHILOSOPHE.

Parlez donc sans détour.

L'HOMME DE BIEN.

Non, non, n'espérez pas qu'ici je vous révele
Ces mystères affreux.

LE PHILOSOPHE.

La réserve est nouvelle.

L'HOMME DE BIEN.

Elle est prudente au moins. Mais voyez, de tout tems,
Quel fut dans l'Univers le sort des grands talens.
L'ostracisme, les fers, l'exil, l'ignominie,
La ciguë & la mort attendent le Génie.
De la célébrité tel est le prix commun.
Je vous en citerois mille exemples pour un ;
Mais je vois qu'à la fin cet entretien vous choque.
Je me tais.

LE PHILOSOPHE.

C'est assez. Rien n'est moins équivoque.
Vous aspirez, Monsieur, au nom d'homme de Bien.
Je vous soupçonne même un tant soit peu Chrétien.
Je vous dénoncerai.

L'HOMME DE BIEN.

Vous êtes trop honnête.

LE PHILOSOPHE.

Sur vos mœurs, dans Paris, on peut faire une enquête ;
Et charitablement, de maison en maison,
Recueillir des détails & des silences.

L'HOMME DE BIEN.

Bon !

LE PHILOSOPHE.

Puisque d'un Réprouvé vous êtes idolâtre,

Nous sçaurons contenir ce zèle opiniâtre,
Et vous feriez pour lui d'inutiles efforts,
Nous sommes plus nombreux, nous serons les plus forts,
A son premier écrit nous sçaurons le confondre.
Nous le ferons brûler.

L'HOMME DE BIEN.

Brûler, ouï, c'est répondre;
Et je suis, à la fin, de votre avis.

LE PHILOSOPHE.

Je croi,
Monsieur l'Homme de bien, que vous riez de moi.

L'HOMME DE BIEN.

Ah! parbleu, pour le moins, vous permettrez qu'on rie.
Tout ceci n'est, au fond, qu'une plaisanterie.

LE PHILOSOPHE.

Qu'appellez-vous, Monsieur ? Je ne suis pas plaisant.

L'HOMME DE BIEN.

Mais votre sérieux est assez amusant.

LE PHILOSOPHE.

Vous êtes un fripon.....

L'HOMME DE BIEN.

A merveille.

LE PHILOSOPHE.

Un Corsaire.....

L'HOMME DE BIEN.

Courage.

LE PHILOSOPHE.

Un imbécile, un pédant, un faussaire,
Un bâtard de Zoïle, un sot, un garnement.

L'Homme de Bien.

Que la Philosophie inspire d'enjouement,
D'esprit & de gaité, de grace & de décence !
De la droite raison, je ressens la puissance ;
Je cesse de défendre un Ecrivain jaloux.
Oui, qui veut bien penser, doit penser comme vous,
Ecrire à votre gré, prendre votre maniere,
Jurer en votre nom, suivre votre banniere,
Se faire votre singe & crier en tout lieu :
Qu'on adore Psaphon ; car Psaphon est un Dieu.
Ce systême rusé de charlatanerie,
Mériteroit aussi d'avoir sa *Théorie.*

Le Philosophe.

*(Il ramasse une pierre & la jette à la tête de l'Homme de
    bien.)*

Tu ne finiras pas cet impudent discours ?
Pare cet argument, si tu peux.

L'Homme de Bien.

(Il se sauve en criant.)

       Au secours !

Le Philosophe.

Voilà, je vous l'avoue, un abominable homme,
On ne peut le convaincre à moins qu'on ne l'assomme.
Comme l'erreur, hélas ! fait glisser son poison !
Et que l'on a de peine à prouver la raison !

F I N.

* 9 7 8 2 0 1 3 0 8 2 0 0 6 *